Rahel Dyck (Hg.)

Was du fürs Leben brauchst

Rahel Dyck (Hg.)

Was du fürs Leben brauchst

Gedanken, Gebete und Geschichten für junge Leute

neukirchener
aussaat

MIX
Papier aus verantwortungsvollen Quellen
FSC® C014138

Dieses Buch wurde auf FSC®-zertifiziertem Papier gedruckt. FSC® (Forest Stewardship Council) ist eine nichtstaatliche, gemeinnützige Organisation, die sich für eine ökologische und sozialverantwortliche Nutzung der Wälder unserer Erde einsetzt.

Bibliografische Information der Deutschen Nationalbibliothek
Die Deutsche Nationalbibliothek verzeichnet diese Publikation in der Deutschen Nationalbibliografie; detaillierte bibliografische Daten sind im Internet über http://dnb.d-nb.de abrufbar.

Verwendete Fotos:
S.8: iStock; S.9: DragonImages, grafikplusfoto; S.28: Mat Hayward; S.99: Sorin Popa - Fotolia; S.11: Matrjoschka, S.14: Armin Staudt, Berlin; S.17: Svea Anais Perrine. ; S.19: Francesca Schellhaas; S.21: kemai; S.22: Armin Staudt, Berlin; S.24: ombradime; S.34: una.knipsolina; S.48: xenia_gromak; S.57: Pam Culver; S.59: misterQM; S.60: Uwe Heinrich; S.64: Armin Staudt, Berlin; S.70: Rike.; S.80: una.knipsolina; S.83: pollography; S.84: gennadi+; S.87: Lumamarin; S.88: johannawittig; S. 91: emanoo; S. 104: pollography; S. 110: David Dieschburg; S. 113: Svea Anais Perrine.; S. 116: Flügelfrei; S.120: ig3l; S.122: fl0wer; S.123: Fotoline, ka.te; S.131: biloba; S. 132: kallejipp; S. 137: s11; S. 139: emanoo - Photocase.de; S.56: Alyssa Kaye Graham; S.71: MarcyMayPhoto; S. 77: AlinLyre movielighter S.78: Ines Perković; S.94: asiaonly; S.102: Aperture Vintage; S.124: UK Photos - Europa Fotos; S.127: Alyssa Kaye Graham; S.128: Ben Geier Photography - creative market

Gesamtgestaltung: Johannes Schermuly, Wuppertal
Lektorat: Rahel Dyck, Bonn
Verwendete Schriften: Source Sans, Manus, F25 Executive
Gesamtherstellung: FINIDR, Cesky Tesin
Printed in Czech Republic
ISBN 978-3-7615 6185 0

www.neukirchener-verlage.de

Vorwort

Vor Kurzem hielt ich mein „altes“ Handy in der Hand. Vor drei Jahren war es noch der letzte Schrei, jetzt nur noch Schrott. Der Akku war schnell alle, die Kratzer nahmen die freie Sicht und überhaupt war der Knochen einfach uralt. Beim Kauf meines neuen Handys war ich erst froh und stolz über das aktuelle Wunderwerk der Technik – und dachte dann: Mist. In wenigen Jahren ist auch das alt und verbraucht und Schrott. Ich halte nicht mehr als den Müll von morgen in den Händen. Toll. Richtig toll …
Vor allem weil das nicht nur für's Handy gilt, sondern für alle Dinge, die wir kaufen und die uns heute ach so wichtig sind. Um schonungslos ehrlich zu sein: Alles Müll von morgen! Nicht, dass wir's heute nicht gebrauchen können und genießen dürfen – aber Gedanken an das, was richtig wichtig ist, das was wirklich bleibt – die darf man auch denken.
Und bei diesem lebenswichtigen Denken kann einem dieses Buch echt auf die Sprünge helfen. Man bedenke nur einmal, wie die Bibel seit Tausenden von Jahren lebendig bleibt – und wie das meiste andere aus der Zeit (wenn überhaupt) nur noch aus Scherben besteht. Denn erstaunlicherweise überleben Gedanken, Geschichten und Gebete oft erstaunlich lange. Diese Worte gewähren den Blick in das Ewige. In das was bleibt. In das, was, du für's Leben brauchst.
In diesem Sinne: Dank allen Autorinnen und Autoren für ihr Denken und Beten und Erzählen – und Rahel Dyck für das Zusammentragen und Ordnen dieses ganzen Wunderwerks.
Und Du, lass dich herausfordern, Leben, Energie und Zeit in die Sachen zu investieren, die wirklich wichtig sind! Höre auf dein Herz. Lebe für das, was bleibt. Und wage immer wieder ein Gespräch mit dem Ewigen. In der Langzeitperspektive ist das so wichtig wie die Luft zum Atmen.

Dein
Patrick Depuhl

Inhalt

Inhalt

Ich: Gesegnet und begabt

Du bist eine Idee von Gott

Eine alte Legende (das sind Geschichten, die nicht unbedingt genau so passiert sind, aber etwas Wahres erzählen) erzählt davon, dass jeder einzelne Mensch eine Idee von Gott ist. Du auch und ich auch und dein Kumpel und deine Freundin … Eines Tages kamen einige der neugierigsten Engel zusammen und wollten endlich ein Mal in Gottes geheimstes Schöpfungszimmer gucken, der Raum, in dem Gott die Ideen für neue Menschen erfand. Es war eine sehr große Halle, lichtdurchflutet, voller Musik und allen Sorten von Farben, die man sich nur vorstellen kann.

Die Engel beobachteten Gott für eine Weile und waren sehr beeindruckt von dem, was sie sahen. Gott machte nämlich jeden Menschen in allerfeinster Detailarbeit, jeden Einzelnen ganz besonders und wunderschön. Mit roten Haaren, schwarzen oder blonden, mit Locken, mit kaffeebrauner Haut oder rosafarben, mit blauen, braunen oder grünen Augen. Nicht ein Mensch sah genau so aus wie ein anderer. Jeder war einmalig. Und immer, wenn ein neuer Mensch fertig war, freute sich Gott sehr, lächelte und küsste den neuen Menschen. Dann verschwand er hinter einer Wand, um nach einer Weile wieder aufzutauchen und weiterzumachen. Jetzt waren die Engel erst richtig neugierig und fragten sich: „Was ist denn hinter dieser Wand versteckt?“ Aber sie trauten sich nicht, Gott zu stören, und warteten ab.

Plötzlich drehte sich Gott um, guckte sie an und meinte: „Irgendwelche Fragen?“ Und ein Engel war zum Glück mutig genug und stellte eine erste Frage: „Die Menschen sind alle so verschieden. Welche Sorte hast du denn am allerliebsten? Welche Hautfarbe, welchen Typ?“ Und Gott antwortete: „Was du beobachtest, ist sehr oberflächlich. Du musst tiefer gucken. Äußerlich mögen sie alle unterschiedlich aussehen, aber innen sind sie alle gleich. Innen haben alle Menschen ein Herz!“ Und Gott wandte sich wieder seiner Arbeit, seiner Lieblingsbeschäftigung zu.

Da fragte ein kleiner Engel noch ganz schnell: „Und was ist hinter der Wand versteckt? Was machst du denn da immer, bevor du mit einem neuen Menschen beginnst?“ Und Gott drehte sich um, lächelte und sagte: „Hinter der Wand hängt ein Spiegel! Ich sehe in den Spiegel, bevor ich einen weiteren Menschen schaffe.“

Trotzdem

(Ein Gebet)

Vater im Himmel.
Du hast mich gemacht.
Mit allem drum und dran und drin.
Und dann hast du mich nicht festgehalten
sondern mir die Freiheit geschenkt
ich werden zu dürfen.
Das war mutig.
Und es macht mir manchmal selber Angst …
Du weißt, was ich meine.
Du kennst mich aus- und inwendig.
Mit allem Schönen und allem Hässlichen.
Allem Vertrauten und allem Überraschenden.
Allem Bekannten und allem Geheimen.

Trotzdem

bin ich nicht langweilig für dich.
Du hörst auf meine Worte.
Du lauschst meinen Gedanken.
Du spürst meine Gefühle.

Vater im Himmel.
Du kennst mich von allen Seiten.
Alle Höhen, alles Helle, alles Heile.
Alle Tiefen, alles Dunkle, alles Kaputte.
Alles.

Trotzdem

kannst du das alles halten –
auch wenn ich es nicht mehr zusammenbekomme.
Trotzdem hältst du es aus –
auch wenn ich fliehen will vor mir.
Trotzdem glaubst du an mich –
auch wenn ich mich aufgeben will.
Vater im Himmel.
Du bist Gott.
Ich bin ich.
Trotzdem
liebst du mich.
Danke. Danke. Danke.

(Amen.)

Die große Suche nach mir

Vielleicht kennst du das: Dieses Gefühl in dir, den anderen gefallen zu müssen. Die Sehnsucht, gemocht zu werden. Den Wunsch, Lob und Anerkennung zu bekommen.

Wenn dir das irgendwie bekannt vorkommt, dann kannst du dir vielleicht auch gut vorstellen, was wir Menschen manchmal tun, um genau das zu bekommen.

Vielleicht kennst du das Gefühl, sich selbst dabei zu ertappen, wie man gerade klammheimlich eine Maske aufsetzt: Ich versuche cool zu sein, weil ich möchte, dass die Coolen mich mögen. Ich versuche lustig zu sein, weil ich denke, dass es das ist, was den anderen besonders gefällt. Ich bin so, wie die anderen mich gerne sehen.

Aber wer bin ich, wenn keiner mir zuschaut?

Woher weiß ich, wer ich wirklich bin, wenn keine Maske mich verdeckt?

Wo findet man sich selbst – und wo fängt man überhaupt an zu suchen?

Ich denke, dass diese Fragen bei Gott am besten aufgehoben sind.
Denn unendlich viel wichtiger als das, was andere über mich denken, ist doch das, was Er über mich denkt. Gott, der Schöpfer, der mich ausgedacht und gemacht hat, sollte Er nicht am besten sagen können, wer ich bin?!
Wenn wir dem glauben, was Gott in der Bibel über uns sagt, dann haben wir die Freiheit, unsere Masken abzulegen. Wir sind frei, nicht länger so leben zu müssen, wie wir denken, dass es anderen gefällt. Und wir sind deswegen frei, weil wir unsere Identität – das, was wir sind – nicht an dem festmachen müssen, was andere von uns erwarten. Wir sind frei davon, weil Gott uns unsere Identität als Seine Kinder schenkt.

Ich habe eine gute Freundin, die an dieser Stelle ein Vorbild für mich ist – nicht, weil sie es vollkommen geschafft hat, sich nicht mehr von Meinungen anderer beeinflussen und abhängig machen zu lassen – aber weil sie Gott immer wieder von Neuem darum bittet und ihre Masken vor Ihn hinlegt. Mit ihr und auch von ihr habe ich gelernt, dass wir ehrlich zu Gott kommen dürfen, so wie wir sind – und wir dürfen Ihm all das bringen, was wir nicht sind, was wir gerne wären und was wir manchmal vortäuschen zu sein.

Mir selbst nahe kommen durch dich

Oft bin ich nicht der Mensch, der ich gerne sein würde.
Ich sage Sätze, die ich nicht meine.
Denke Gedanken, die ich nicht denke.
Verletze Menschen, die ich liebe.

Oft bin ich nicht der Mensch, der ich gerne sein möchte.
Ich tue Dinge, die mir Leid tun.
Tue Dinge nicht, die ich lieber täte.
Kränke Menschen, die mir wichtig sind.

Oft bin ich nicht der Mensch, der ich bin.
Bin mir selbst fremd.
Unnahbar für mich.

Und ich frage mich, warum?
Frage, was mich hindert?
Frage, wie ich sein könnte?

Deine Nähe macht mich heil.
Deine Nähe macht mich ganz.
Deine Nähe macht mich zu mir selbst.

Du lässt mich werden, was ich für dich bin.
Und was ich ohne dich niemals sein werde.

Ohne dich, o Gott, bin ich nichts!
Nicht ich selbst.

Leben:
Wahrheit oder Lüge?

Das sind Sätze, die wie ein Stempel auf einem Leben und einer Person liegen können. Sätze, die uns prägen und, oft seitdem wir Kinder sind, ständig von allen gesagt werden. Meistens fängt es bei den Eltern an. Und wie ihr wisst, geht Stempelfarbe ganz schön schwer wieder ab.
Welcher Satz liegt auf deinem Leben? Was ist das für ein Satz, wo du ausrasten könntest, weil es total unfair ist, dass jemand das immer von dir behauptet? „Du bekommst das sowieso nicht hin?“, oder: „Iss nicht schon wieder so viel?“ Gerade da, wo wir schon als Kind ständig von anderen (egal ob von Eltern, Oma, Lehrern, Freunden …) etwas immer wieder gesagt bekommen haben, prägt es sich voll in uns ein und lähmt uns, anders zu sein. Es ist fast wie ein Fluch. Wir denken irgendwann selbst, dass wir wirklich so sind und auch niemals anders werden können. Wir nehmen uns das, was uns andere sagen, oft sehr zu Herzen! Insbesondere natürlich, wenn die Menschen uns nahestehen.

„Du bist chaotisch!“

„Du schaffst das nicht!“

„Aus dir wird nie etwas!“

„Du bist ein Sensibelchen!“

„Das war ja wieder klar!“

Das Gute ist: Es gibt einen Weg, wie wir diesen Satz, der schwer auf unserem Leben liegt, loswerden können. Denn es gibt einen, der redet und denkt und fühlt anders über dich. Er sagt: „Es ist gut, dass es dich gibt." Und: „Du bist so echt wertvoll!" Der sagt: „Ich habe dich begabt!", und: „Ich habe dich genau so wie du bist lieb!" Gott nimmt dich und deine Bedürfnisse sehr ernst. Und er mag dich einfach. Darum darfst du dich dann auch verändern; du darfst wachsen; du kannst „neu" werden! Oft ist es eine große Hilfe, diesen Weg mit anderen Menschen zu gehen, die sich mit schweren Wegen und mit neuem Leben auskennen. Dann könnt ihr diesen Satz, der wie eine Lüge auf dir und deinem Leben liegt, abgeben … und Jesus erlauben, dich frei zu machen, dich zu heilen und dich zu segnen.

Du kennst mich ...

… besser, als ich mich selbst kenne. Wie soll ich das begreifen, wie soll ich das kapieren. Ich versteh' mich so oft selber nicht. Du schon. Noch bevor ich die richtigen Worte gefunden habe, um das auszudrücken, was mich beschäftigt, hast du es schon gewusst. Alles von mir ist dir bekannt. Meine ganze Person, meine Stärken und Schwächen, meine Wahrheiten und Lügen, meine Erfolge und meine Geheimnisse. Ganz egal, wohin ich auch gehe, ob nach New York oder Canberra, ob nach Tasmanien oder Nepal, nach Guatemala oder Timbuktu, du bist schon da. Es ist auch völlig egal, ob es Tag oder Nacht ist, dunkel oder hell, schrecklich oder schön, du begleitest mich.

Ich kann's nicht fassen, du hast mich schon gekannt, als ich noch gar nicht geboren war, ja, als ich noch nicht einmal gezeugt war. Ehrlich, das ist mir absolut zu hoch. So was gibt es doch gar nicht. Du siehst durch mich hindurch, als wäre ich aus Glas, du kennst meine Gedanken, die guten und die schlechten. Du weißt genau, was ich vorhabe, warum ich etwas mache, oder warum ich häufig auch keine Lust habe. Du weißt genau, wen ich doof finde, und auch, auf wen ich stehe.

Ob ich in der Arbeit, die ich morgen zurückkriege, eine Fünf habe oder eine Zwei – du weißt es schon heute, kennst mein Abschlusszeugnis, meine Berufsausbildung, meinen Partner fürs Leben. Weißt, ob ich mal Kinder haben werde, wie alt ich werde, wo ich wohnen werde. Bei dir bin ich bekannt.

Deshalb dachte ich mir, ich frag mal nach, ob du mir nicht helfen könntest, mehr so zu werden, wie ich sein soll. Alleine krieg ich es einfach nicht hin.

Unverlierbar

„Dieses ständige mitleidige Geglotze. Bitte lasst mich einfach in Ruhe!“ Leider denkt sie es nur und alles bleibt in ihrem Kopf … und Fragezeichen über den Köpfen der Anderen. Mit Tränen in ihren braunen Augen sitzt Sophie auf ihrem Bett. Ihre Mutter fragt ständig, was los sei: „Du ziehst dich immer gleich zurück, wenn du nach Hause kommst …“ „Na und? Muss ich denn allen alles erzählen? Habe ich kein Recht darauf, mein eigenes Leben zu leben? Kein Recht auf meine Ruhe?“ Das äußerliche Schweigen ist aber nur die Hülle des lauten Geschreis, was in ihr tobt!

„Warum sind alle anderen besser, schöner und beliebter als ich?“ In ihren Augen ist alles verloren. Keine Chance. Niemals! Nie würde sie so singen können wie Kerstin, nie so auf andere Menschen zugehen wie Rebecca und so tanzen wie Sarah. „Was bin ich im Vergleich zu den anderen denn wert? Was kann ich? Wofür würde mich jemand lieben und bewundern?“ Ist der Mensch nur so viel wert wie andere es sagen? Mein Wert – abhängig von der Definition anderer?

„Die Würde des Menschen ist unantastbar.“ Ein toller Satz, aber woher bekomme ich diese Würde? Und wer gibt sie mir wieder, wenn ich meine, sie verloren zu haben? Fragen in Sophies Kopf … Muss ich denn so tanzen können wie Sara? Singen wie Kerstin? Was wäre, wenn nicht? Gibt es eine Möglichkeit, dass mein Wert gar nicht von dem abhängt, was ich kann, was ich mache oder wen ich kenne? Gibt es das in dieser Welt, dass jemand nicht danach guckt, wie er von mir profitieren kann? Wie wäre es, wenn jemand mich liebt, ohne dass ich was dafür oder dagegen tun kann? Mir Würde gibt, die unverlierbar ist, und nicht an Bedingungen geknüpft ist? Sophie stockt. „Einfach nur so?“ Ja, denn Gottes Liebe ist nicht durch Sympathie zu bekommen. Nicht durch Leistung. Er liebt einfach so. Dich. Dich wie Du bist. Er kann gar nicht anders! Auch ohne Rebeccas Art auf Menschen zuzugehen. Ohne Moves, wie Sara sie tanzt, oder andere Anforderungen, die du meinst erfüllen zu müssen.

Relax, liebe Sophie! Du bist du. Und das gibt dir Wert. Deinen Selbst-Wert, weil du „du selbst“ bist! Individuell und einzigartig! Mit Begabungen und deiner Art, zu leben. Wunderbar in den Augen deines Schöpfers!

Wie viel ist dein Leben wert?

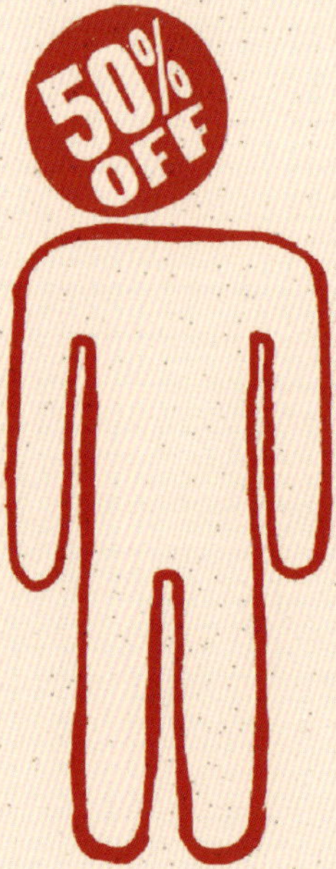

Was für eine komische Frage. Jedes Leben ist wertvoll, also auch meins. Ja klar, aber wie viel? Wie sieht dieser Wert aus? Es gibt Leute, die sich so richtig gut mit Zahlen auskennen, die haben mal errechnet, dass Eltern für ihr Kind, bis es 18 Jahre alt ist, ungefähr 100.000 Euro ausgegeben haben. Also hier in Deutschland. Das ist ganz schön viel. Ist das der Wert deines Lebens? 100.000 Euro, wenn du jetzt 18 wärst. In anderen Ländern herrschen nicht nur andere Verhältnisse, sondern es gelten auch andere Preise. Da ist so ein Kinderleben nicht so teuer wie in Deutschland. Ist es deshalb weniger wert? Es gibt Regionen auf dieser Welt, da hängt der Wert des Lebens vom Geschlecht ab, also davon, ob du ein Mädchen oder ein Junge bist. Oder auch, wie gut du arbeiten kannst oder ob du gesund bist. Denn da müssen Kinder mit zehn Jahren schon arbeiten gehen. Hängt also dieser Wert des Lebens davon ab, wo man aufwächst? Ob man selber schon arbeitet oder Eltern hat, die alles Notwendige bezahlen?

Würdest du gerne tauschen? Mit einem Kind, das nicht zur Schule muss, sondern schon arbeiten gehen darf? Wohl eher nicht. Vielleicht würdest du aber liebend gern mit einem dieser „Superstars" tauschen wollen, die jedes Jahr in und von Deutschland gesucht werden. Warum? Erscheint dir dieses Leben spannender, interessanter, wertvoller? Kannst du dir vorstellen, dass ein Kind, das mit zehn schon arbeiten gehen muss, liebend gerne mit dir tauschen würde? Dass es sehr gerne dein Leben leben würde, das du doch manchmal überhaupt nicht toll findest?
Ja, es stimmt, jedes Leben ist wertvoll. Aber manche Leben kommen uns einfach wertvoller vor. Und die würden wir an manchen Tagen auch sehr gerne eintauschen. Dabei ist kein Leben so wertvoll wie dein eigenes.

Super-GAU

Du stehst auf. Versuchst es zumindest. Nach dem dritten Versuch hast du es geschafft. Langsam schleppst du dich ins Bad. Routinemäßig greifst du nach der Zahnbürste. Du schaust auf – und dort ist er: Ein Pickel so groß wie eine Pampelmuse direkt auf deiner Nase! Und ausgerechnet heute soll das neue Klassenfoto gemacht werden! Abdeckpuder und sonstige Tricks helfen in keinster Weise. Im Gegenteil: Erhaben über den Rest deines Gesichtes thront dieses Monstrum mittendrin.

Schreckliche Vorstellung, oder? Es gibt einige Dinge im Leben, die uns grandios wichtig werden, wenn sie uns betreffen. Da kann ein Pickel schon mal eine mittlere Katastrophe darstellen. Ein kleiner Tipp von mir: Nimm an solchen Tagen mal die Zeitung und blättere sie durch. Dort liest du, was wirklich schlimm ist: Kriege, Tod, Hunger, Zerstörung. Und dann nimmst du die Bibel und liest Psalm 139. So, und jetzt, spätestens jetzt, erkennst du, wie wichtig und schlimm dein Pickel wirklich ist. Dann kannst du entspannen und mit der Gewissheit in die Welt gehen, dass Gott um deinen Pickel weiß – und mehr noch – dich auch mit Pickel unendlich liebt. Und er braucht dich heute, um diese Liebe in die Welt zu tragen. In deine Welt. Und das ist wirklich wichtig!

Jesus,
lass uns
zusammen
die Welt
verändern.

Wenn du mich heute führst,
wie so einen Blinden,
stell ich mich heute auch den Situationen,
in denen du mit mir zusammen
was Gutes tun möchtest.

Vom Tellerwäscher zum Millionär

Jeder dürfte das Märchen vom berühmten Tellerwäscher, der durch viel Arbeit, Glück oder Zufall zum Millionär wurde, wohl kennen. Millionen Menschen haben diesen Traum seitdem geträumt, einige erfolgreich, die meisten vergeblich. Was aber, wenn nicht nur du diesen Traum von deinem Leben träumst, sondern Gott selbst!?

Jesus erzählt ein Gleichnis von anvertrautem Geld! Darin leiht ein Herr seinen drei Mitarbeitern Geld und fordert sie auf, gut damit zu „dealen" – bis er wiederkommt. Der eine vermehrt sein Geld in kürzester Zeit, der zweite wirtschaftet auch in schwarzen Zahlen, der dritte lässt es liegen, damit es nicht weniger wird … Die Geschichte ist ein Gleichnis – und Gleichnisse sagen etwas über das Leben allgemein, die Menschen, dich, mich, uns. Findest du dich in der Geschichte wieder? Inwiefern?
Um dich ein wenig draufzustoßen: Was machst du mit deinem dir von Gott anvertrauten Gut? Dabei geht es nicht um Geld, sondern um alles, was du kannst, hast und bist.

Um weiterzudenken:

- ▹ *Was sagt die Geschichte über Gott?*
- ▹ *Deckt sich dies mit deiner eigenen Erfahrung?*
- ▹ *Welches Menschenbild steht dem gegenüber?*
- ▹ *Gott spricht von anvertrauten Talenten/Gaben:*
  - *Was können solche Gaben sein?*
  - *Wo siehst du dein anvertrautes Talent?*
  - *Wie setzt du es ein?*

Gott liebt dich – und er sehnt sich nach deiner Liebe, die sich ihm schenkt … und damit auch deine Gaben, Fähigkeiten, Talente. Ich glaube, dass Gott uns einmal fragen wird, was wir mit unserem Leben für ihn gemacht haben und, wie im Gleichnis, was wir unterlassen haben. Der Unterschied dazwischen, ob man etwas tun muss, weil ein Befehlshaber es anordnet, oder ob man etwas tun will, sind die Motive, die Gründe für unser Handeln: Gründe wie Glauben. Wie Liebe.

Vielleicht fragst du, was du denn genau kannst!? Dann nimm dir eine Stunde in dieser Woche Zeit, und lass dir von Gott zeigen, welches Kapital und Potenzial in dir steckt! Besprich und bebete dies mit einem Freund oder einer Freundin, die dir und Gott wirklich etwas zutrauen. Sei ehrlich und frage, wo du zu wenig aus dir machst – oder wo zu viel! Frage dich: Wo wünscht sich Gott Veränderung in meinem Leben? Und dann lebe die Antwort!

Hey Gott!

Ich danke dir dafür,
dass du mir so viele Wünsche erfüllst.
Ich bitte dich um etwas, und du gibst es mir.

Danke auch, dass du mich
mit so vielen Gaben gesegnet hast.
Aber ich frage mich wirklich,
was ich damit jetzt tun kann?
Wie kann ich sie am besten anwenden?

Natürlich weiß ich,
dass ich damit etwas für dich tun soll.

Aber wie genau?

Warte schon echt lange auf eine Antwort.
Aber du machst das schon.

Gespräch mit dem, der deine Duschlieder hört

ICH: „Mein Gott, warum haben alle anderen tolle Gaben und ich nicht?"

GOTT: „Oh, schön von dir zu hören. Hallo! – Was genau ist jetzt eigentlich dein Problem?"

ICH: „Oh .... ja mein Problem. Ach nichts."

GOTT: „Sei mal ehrlich. Du sprichst immerhin mit Gott."

ICH: „O.k. – ich glaube, alle anderen können mehr und alles besser als ich. Bei deiner Gabenverteilung bin ich zu kurz gekommen! ... Kannst du noch was nachliefern?"

GOTT: „Hmmm. Irgendwas machst du doch sicher gerne und gut, oder?"

ICH: „Naja, manche Leute sagen, dass ich angeblich gar nicht so schlecht zuhören kann. Und dass sie sich wohlfühlen bei mir. Vielleicht kann ich auch noch ein bisschen singen. Aber eigentlich finde ich meine Stimme so ätzend, und ich sing nur in der Dusche im Dunkeln ..."

GOTT: „Nicht schlecht; du bist auf der richtigen Spur."

ICH: „Echt?"

GOTT: „Gastfreundschaft, kombiniert mit gutem Zuhören, das sind große Gaben."

ICH: „Stimmt vielleicht."

GOTT: „Und dass du das mit dem Singen auch schon entdeckt hast, finde ich super. Ich liebe deine Duschlieder! Weißt du noch, wie du laufen gelernt hast?"

ICH: „Nööö."

GOTT: „Du bist erst gekrabbelt, dann hast du dich überall hochgezogen, und irgendwann bist du an viel größeren Händen ein paar Schritte gelaufen. Dein erster eigener Gang dauerte genau einen Schritt. Der zweite auch. Irgendwann konntest du zwei Schritte gehen, bevor du gefallen bist. Naja … und mittlerweile läufst du doch ganz gut."

ICH: „Und was bitteschön hat das mit meinem Singen zu tun?"

GOTT: „Ich habe diese Gabe in dich hineingelegt. Aber das heißt nicht, dass du sofort ein Supersänger bist. Gaben sind wie laufen lernen: Schritt für Schritt. Gib nicht auf, weil du fällst! Die meisten Menschen, die leidenschaftlich ihre Gabe ausleben, haben einen langen Weg hinter sich …"

ICH: „Wofür sind die Gaben dann eigentlich?"

GOTT: „Das ist eine große Frage! Es dauert für manche Menschen lange, um sie zu beantworten. Aber ich gebe dir einen kleinen Tipp: Gib Ehre, wem Ehre gebührt! Und denke daran, dass Gaben nie da sind, um sich um sich selbst zu drehen, sondern um anderen zu dienen."

ICH: „Hmmm."

GOTT: „Jetzt habe ich aber auch einmal eine Frage: Warum willst du eigentlich mehr Gaben? Ich habe nämlich die Schnauze voll von den Superbegabten, die ihre Gaben nur einsetzen, damit sie besser dastehen, mehr Geld verdienen, mehr Leute abschleppen und dann auch noch denken, aller Ruhm gebührt ihnen!"

ICH: „Ach Gott, danke, aber ich glaube, mit meinen Gaben habe ich doch erstmal genug zu tun."

Du, Gott, wenn ich an die Zukunft denke,
bereitet mir das kribbelige Bauchschmerzen.
Vorfreude und Angst prallen aufeinander.

Aber einfach mal kurz zu mir zu kommen,
an dich zu denken und meine Ruhe zu haben,
tut mir gut und gibt mir Kraft.

Und irgendwie sitzt du irgendwo ganz tief
in mir drin und flüsterst mir immer wieder zu,
dass ich das schaffen werde.
Alles.

Nach Gaben graben

Du bist begabt! Ja, tatsächlich. Gott, der Großzügige, hat dir Talente geschenkt, Sachen, die du ganz besonders gut kannst, spürst, die nur so aus dir rausfließen … Moment mal, denkst du, Gaben schön und gut; höre ich die ganze Zeit. Nur, wo sind sie, meine tollen Gaben? Wir sind echt überzeugt: Du hast Gaben, kein Zweifel! Aber sie sind manchmal nicht so offensichtlich. Man muss sich auf die Suche machen. Stell dir vor, du bist ein Haus. Ein schönes, kleines mit allem Drum und Dran. Und wo sind jetzt deine Gaben? Ja, lass uns mal suchen gehen! Manche Gaben, die du hast, sind unentdeckt. Es gibt einen Raum in deinem Haus, den du noch nie betreten hast. Aber da drin sind wertvolle Schätze verborgen. Es wird Zeit, ihn zu suchen: Abenteuerreise in dir selbst. Vielleicht kannst du super vor Menschen sprechen oder andere fühlen sich bei dir sauwohl. Nur, du ergreifst nie eine Gelegenheit, vor anderen zu sprechen oder andere einzuladen. Oder du konntest mal was richtig gut: singen, malen, kochen. Und dann bist du ausgelacht worden. „Ein Junge, der kocht. Das ist wohl'n Witz!??" Na ja, da hattest du auch keine Lust mehr. Du bist in den Garten deines Hauses gegangen und hast dein Talent vergraben. Damit es niemand findet oder unterm Bett versteckt. Singen, ja du liebst es, du kannst es, du bist eine Supersängerin, aber – nur alleine mit der Haarbürste vorm Spiegel und ohne Publikum. Könnte auch sein, dass du eine Gabe hast, aber sie ist eingesperrt, weil die Tür klemmt. Du kommst nicht dran. Irgendwann hat dich jemand verletzt und eigentlich willst du deine Gabe schützen.

Ja, wirklich: Du bist begabt! Und Gaben sind wertvoll! Aber wenn man sie nicht einsetzt, ausübt, auslebt, werden sie nicht wachsen, werden nie das Laufen lernen. Darum muss man's manchmal riskieren, muss ran und suchen und ausgraben, Türen aufbrechen und die Gaben entdecken, wieder beleben, befreien. Deine Gaben sind viel zu wichtig, als dass sie verstauben und verstummen dürften. Lass dich ermutigen! Fang ruhig klein an. Aber lass deine Gaben nicht verschimmeln im Keller deines Hauses. Ein vergrabener Schatz ist wertlos. Aber der Wert einer Gabe, die man einsetzt, steigert sich ständig!
(Auch Jesus erzählt eine „Talente-Geschichte": Lies mal Matthäus 25,14-30)

Stark, gutaussehend, zwei Jahre älter

Jede und jeder kann mit jedem an jedem Ort und zu jeder Zeit kommunizieren. Das erste Date und neue Kontakte sind nur einen Mausklick weit entfernt. Sogar Jungs werden zu modernen Klatschtanten und verbringen deutlich mehr Zeit als junge Frauen damit, online zu tratschen. In Chats gibt man sich freundlich und setzt dabei eine Maske auf, die die wirklichen Gefühle verbirgt. Außerdem ist man normalerweise zwei Jahre älter als man wirklich ist. Und gut aussehend. Und stark. Und selbstbewusst. Und und und ...

Wozu spielt man solche Rollen? Wozu stellen manche alles Mögliche an, nur um zur Gruppe ihrer Freundinnen oder Freunde zu gehören? Was würde passieren, wenn ich echt bin? Christsein bedeutet einzugestehen, dass mein Leben das ist, was es ist und wie es ist. Dadurch werde ich freier, weil ich ehrlich mit mir selbst bin; weil ich mir selbst nah bin. So fordere ich mich als Christ in besonderer Weise dazu heraus, ein Bewusstsein für meine eigene Verletzlichkeit und die anderer zu entwickeln. So sind wir gemeinsam fähig, eine Gemeinschaft zu werden. Und wir werden zu Menschen, die sich weiterentwickeln; weil wir wachsen und wachsen lassen. Und weil wir zulassen, dass wir heil werden.

Die Bibel erzählt viel von Beziehungen. Von guten und schlechten Freunden. Im Neuen Testament nennt Jesus seine Jünger Freunde (Guck mal in Johannes 15,15). Er hat ihnen nie etwas versprochen, was er nicht auch eingehalten hat. Und er hat sich geöffnet. Als ihn jemand kennenlernen wollte und checken wollte, wie Jesus so lebt, sagte Jesus: Kommt her und seht selbst.
(Lies mal Johannes 1,39)

Schöner Schein

Ist dir das auch schon passiert: Du fandst einen Menschen unheimlich toll, wolltest seine Bekanntschaft machen, zu seinen Freunden gehören, das wäre das Größte … Aber dann bist du nach einer Weile enttäuscht. So toll, wie du dir den anderen vorgestellt hast, ist er gar nicht.

Und dann ist da jemand, den du eigentlich immer uninteressant gefunden hast, und der dir plötzlich immer wichtiger wird, und du wunderst dich: „Warum habe ich das nicht gleich gesehen, dass der andere so ein besonderer Mensch ist?" Das liegt wohl daran, dass wir uns immer wieder von dem äußeren Bild leiten lassen, das einer abgibt. Die Bibel sagt dazu: „Ein Mensch sieht, was vor Augen ist, Gott aber sieht das Herz an" (1. Samuel 16,7b). Gott lässt sich nicht täuschen durch den äußeren Schein, er blickt tiefer, auch wenn er mich ansieht.

Was würde wohl geschehen, wenn wir genau die Zeit, die wir für die Pflege unseres Gesichtes aufwenden, für die Pflege unseres Herzens einsetzen würden? Oftmals braucht ja mein Herz sogar mehr Pflege als mein Gesicht!

Manche Leute gleichen einer Litfaßsäule: außen interessant und schön, aber innen hohl. So möchte ich nicht sein!

Nenn es Gebet

Gott …
Ehm, hallo.
Bist du da. Also hier.
Wahrscheinlich schon.
Naja. Ich versuch's mal einfach:
Hast du einen Moment Zeit für mich?
Ich würde nämlich sehr gerne mit jemandem reden.
Einem, der Zeit hat.
Zuhört.
Und sich vielleicht ein bisschen auskennt mit dem Leben.
Einem, der Überblick über mein tägliches Chaos hat.
Ich blicke nämlich gerade nicht mehr durch,
und da habe ich an dich gedacht …
Ja, ich weiß, schon blöd, dass ich immer eher dann komme, wenn's gerade nicht so läuft.
Hoffe, du nimmst mir das nicht übel.
Ich brauche halt gerade jetzt jemanden. Die Sache ist die – als ich wirklich nachdachte
wem ich vertrauen kann, wer zu mir hält,
wer eine Ahnung hat, wie schwer die Dinge gerade sind …
fielst du mir immer ein.
Es ist seltsam.
Manchmal fühlst du dich so unendlich weit weg an.
Ich frage mich dann, ob's dich überhaupt gibt …
Ich sage: „Mein Gott, dich gibt's doch gar nicht."
Aber dann sind da Tage wie heute…
Und ich spüre, du bist da.
Bei mir.
Nah.
Ich schätze, ich wollte mich dafür einfach mal bedanken!
Und mir auch vornehmen, dass, wenn der Sturm hier
in meinem Leben vorbeigezogen ist, ich dich nicht vergesse …
Denn ich ahne, dass es auch sehr schön sein könnte, die guten Zeiten mit dir zu teilen.
O.k.!?
Danke, dass ich das sagen durfte.

Es ist schon heller geworden.
So ist das.

Das Wichtigste ist das Wichtigste

Ohne Liebe bin ich nichts.
Selbst wenn ich in allen Sprachen der Welt,
ja mit Engelszungen reden könnte,
aber ich hätte keine Liebe,
so wären alle meine Worte hohl und leer,
ohne jeden Klang,
wie dröhnendes Eisen oder ein dumpfer Paukenschlag.
Könnte ich aus göttlicher Eingebung reden,
wüsste alle Geheimnisse Gottes,
könnte seine Gedanken erkennen
und hätte einen Glauben, der Berge versetzt,
aber mir würde die Liebe fehlen,
so wäre das alles
nichts.
Selbst wenn ich all meinen Besitz
an die Armen verschenken
und für meinen Glauben das Leben opfern würde,
hätte aber keine Liebe,
dann wäre alles umsonst.
Liebe ist geduldig und freundlich.
Sie kennt keinen Neid,
keine Selbstsucht,
sie prahlt nicht und ist nicht überheblich.
Liebe ist weder verletzend
noch auf sich selbst bedacht,
weder reizbar noch nachtragend.
Sie freut sich nicht am Unrecht,
sondern freut sich, wenn die Wahrheit siegt.

Diese Liebe erträgt alles,
sie glaubt alles,
sie hofft alles
und hält allem stand.

Einmal werden keine Propheten mehr zu uns sprechen,
das Beten in anderen Sprachen wird aufhören,
die Erkenntnis der Absichten Gottes mit uns
wird nicht mehr nötig sein.
Nur eins wird bleiben:
die Liebe.
Denn unsere Erkenntnis ist bruchstückhaft,
ebenso wie unser prophetisches Reden.
Wenn aber das Vollkommene - Gottes Reich - da ist,
wird alles Vorläufige vergangen sein.
Als Kind redete, dachte und urteilte ich wie ein Kind.
Jetzt bin ich ein Mann
und habe das kindliche Wesen abgelegt.
Noch ist uns bei aller prophetischen Schau
vieles unklar und rätselhaft.
Einmal aber werden wir Gott sehen, wie er ist.
Jetzt erkenne ich nur Bruchstücke,
doch einmal werde ich alles klar erkennen,
so deutlich,
wie Gott mich jetzt schon kennt.

Was bleibt, sind
Glaube,
Hoffnung
und Liebe.
Die Liebe aber ist das Größte.

1. KORINTHER 13 („HOFFNUNG FÜR ALLE“)

Freunde

Freunde sind echt wichtig! Also so richtige, gute, beste Freundinnen und Freunde mit denen man durch dick und dünn gehen kann. Freunde, denen man vertrauen kann und die für einen da sind, wenn alle anderen sich vom Acker machen. Mit denen man Spaß haben kann und (wenn der Spaß aufhört) tiefgründig reden kann … oder sich manchmal sogar ohne Worte versteht.

Beste Freundinnen und Freunde, die braucht jeder. Und dennoch sind gute Freunde dünn gesät. Warum eigentlich ist es so schwer, gute Freunde zu finden oder ein guter Freund zu sein? Oder haben wir ganz einfach zu wenig Zeit für wahre Freundschaften? Ist vielleicht was dran. Richtig gute Freunde zu finden, ist einfach schwer. Und gute Freundschaften zu bauen, dauert lange. Sie wachsen wie ein Baum. Und jeder Baum hat auch mal ganz klein angefangen. Richtig gute Freunde hat man deshalb meistens auch nicht viele.

Wo findet man eigentlich Freunde? Im Park, auf der Straße, im Telefonbuch; da stehen doch viele drin … Muss man einfach fragen: „Hey – sucht zufällig noch jemand einen Freund?“ Was ist, wenn man diesen einen ganz Besonderen aus der Sandkastenzeit eben nicht kennt? Was, wenn man das Gefühl hat, eigentlich gibt es keinen, der genau weiß, wie es aussieht in mir – und mich trotzdem mag? Freunde finden heißt wahrscheinlich, erst einmal wissen, wonach oder besser nach wem man überhaupt sucht. Man denkt vielleicht: Ehrlich bis auf die Knochen muss er oder sie sein. Wenn der Freund aber dann morgens sagt, dass du zum Kotzen aussiehst oder Scheiße laberst, ist's auch nicht recht. Oder freundlich, da steckt der Freund doch schon im Wort. Über alles reden können will man mit der Freundin. Aber wenn alle über alles reden, wer hört dann zu? Pferde stehlen, ich will einen Freund, mit dem … na ja, einen Dieb oder Betrüger will ich eigentlich auch nicht.

Was erwartest du eigentlich von einer guten Freundin? Vertrauenswürdigkeit, Zuverlässigkeit, Ehrlichkeit, Selbstlosigkeit, Liebenswürdigkeit, Persönlichkeit? Hört sich doch schon mal gut an, oder? Ach, eins ist vielleicht noch wichtig: Wie steht's mit dir? Bist du vertrauenswürdig, zuverlässig, ehrlich, selbstlos, liebenswürdig und hast eine gute Persönlichkeit? Komisch, andere sollen am besten immer gleich perfekt sein. Freundschaft könnte doch heißen, den anderen ihn selbst sein lassen. Und endlich einen Menschen haben, bei dem man selber auch ganz man selbst sein kann …

Gemeinsam gehen – Leben teilen

Eigentlich mag ich facebook. Gerade dann, wenn man Leute nicht mehr regelmäßig sieht, ist das eine tolle Möglichkeit, viele Kontakte aufrechtzuerhalten und immer noch ein bisschen mitzukriegen vom Leben der anderen.
Aber heutzutage ist es zur Selbstverständlichkeit geworden, dass Menschen ihr Leben in allen Details öffentlich zugänglich machen. Je tiefer manche Einblick in ihr Dasein gewähren, desto oberflächlicher erscheint es durch die Tatsache, dass es scheinbar für jedermann bestimmt ist.
Jemand hat mal gesagt, wir leben eine beziehungsreiche Beziehungslosigkeit. Kann es sein, dass wir verlernt haben, die Bedeutung eines wahren Gegenübers zu schätzen? Stattdessen legen wir unser Leben als offenes Buch vor die gesammelte Schar unserer „facebook-Freunde“. Und bleiben dabei doch allein. Was bedeutet überhaupt Freundschaft?

Toller Tipp für Freunde, die noch mehr gemeinsam gehen und Leben teilen wollen:

Reserviert euch regelmäßig Zeit, die ihr zu zweit miteinander verbringt, um euch und das Leben in aller Tiefe kennenzulernen – tauscht euch darüber aus, stellt Fragen, betet füreinander …

Ich habe es der modernen Technik zu verdanken, dass ich zu einigen Menschen so einfach und unkompliziert Kontakt aufnehmen kann. Aber wenn es ans Eingemachte geht, an echte gelebte Beziehung – wenn es darum geht, tatsächlich Leben zu teilen –, dann genieße ich es, mit denen, die ich wirklich als echte Freunde bezeichne, Zeit zu verbringen. Ich genieße es, von mir zu erzählen und im Gegenzug am Leben des anderen teilhaben zu dürfen. Ich genieße es, gemeinsam zu lachen, zu weinen, zu fragen, zu denken, zu lieben, zu leben.

Denn was wäre das Leben ohne die Menschen, die es mit uns leben?! Menschen, die unersetzlich für uns sind, weil sie einfach dazugehören. Weil sie unser Leben zu dem machen, was es ist. Weil sie sich mit uns auf den Weg machen. Das Leben ist eine Reise und die Menschen, die uns begleiten, sind deshalb so wertvoll für uns, weil es einfach guttut, Schritte in Gesellschaft zu tun. Und weil wir gemeinsam Schritte tun, die wir alleine vielleicht nicht gemacht hätten …

Gemeinsam gehen – gemeinsam folgen

Wenn es um Freundschaft geht, dann gehört eine Aussage Jesu zu meinen liebsten: „An eurer Liebe füreinander wird die Welt erkennen, dass ihr meine Jünger seid." (Johannes 13, 35)
Obwohl das ein absoluter Klassiker für Trausprüche ist, würde ich diese Aufforderung nicht nur über die Beziehung von Ehepaaren und solchen, die es mal werden wollen, setzen, sondern genauso über unsere Freundschaften.
Wenn Menschen über ihre Freundschaft hinaus auch der gemeinsame Glaube verbindet, dann haben sie die Chance, nicht einfach nur gemeinsam zu gehen, sondern auch gemeinsam Jesus nachzufolgen.

Wie kann das aussehen, wenn ihr Jesus in eure Freundschaft hineinnehmt?
Das heißt nicht, dass eure Gespräche nur noch um fromme Themen kreisen und gemeinsame Unternehmungen sich auf Beten und Gottesdienst beschränken – Quatsch mit Soße! Jesus-Nachfolger gemeinsam unterwegs – das kann genauso heißen: Eis essen, Lagerfeuer, Gott-und-die-Welt-Gespräche, Wasserschlachten, lachen bis zum Umfallen, zuhören, picknicken, gitarrescheppernd Schlager grölen, im Café sitzen, bis tief in die Nacht reden und, und, und – was auch immer für dich zu einer Freundschaft dazugehört. Aber etwas Entscheidendes macht den Unterschied: Ihr habt Jesus mit dabei!

Ihr seid bei allem Seine Nachfolger – und das kann eine Bereicherung für uns selbst und, wie Jesus sagt, für die Welt sein. Und die Welt fängt bei den Menschen an, denen wir Tag für Tag begegnen. Die sind es, die auch unsere Freundschaften vor Augen haben. Und die sind es, die mitkriegen, wie wir als Freunde miteinander umgehen. Deshalb liegt im gemeinsam Folgen eine große Chance: Wir können zeigen, dass wir Jesus-Nachfolger sind, indem wir in unseren Freundschaften ausleben, was Er uns aufträgt: die Liebe füreinander. Der Respekt und die Wertschätzung, mit der wir uns begegnen. Wie wir praktisch und mitten im Alltag dem anderen zur Hand gehen, selbstlos sind, Zeit in gegenseitige Hilfe und Unterstützung stecken.
Denn: Ist Jesus mittendrin, dann kann auch eine Freundschaft anderen ein Stück von seinem Wesen zeigen.

160 Zeichen Vergebung

Ich hatte einen guten Freund gemein hintergangen. Warum ich ihn belogen hatte, wusste ich nicht mehr. Ich wusste nur, dass es mir furchtbar Leidtat und ich es wieder in Ordnung bringen wollte – möglichst rasch. Über Ostern fuhr ich auf eine Freizeit. Dorthin wollte ich mein schlechtes Gewissen nicht mitnehmen. Einen Tag bevor es losging, traf ich mich deswegen mit ihm noch mal. Die ganze Zeit über hoffte ich auf den richtigen Moment für mein Geständnis. Als es immer später wurde, merkte ich, dass es für so was keinen richtigen Moment gab. Also begann ich zu erzählen, ohne Vorwarnung, es war furchtbar. Wir mussten beide etwas weinen, dann ging mein Freund. Er meinte, er müsse darüber jetzt erst mal nachdenken. Ich hatte ihm sehr wehgetan.

Das war an Karfreitag. Am nächsten Morgen begann meine Freizeit und mit ihr eine quälende Ungewissheit, was nun werden würde. Immer wieder drehten sich meine Gedanken um dieselben Fragen: Was hatte ich getan? Würden wir Freunde bleiben? Dachte ich, dass mit einem „tschuldigung" alles wieder gut werden könnte? Ostersonntag feierten wir die Auferstehung Jesu Christi. Dass Jesus für uns am Kreuz gestorben war, aus Liebe zu den Menschen und für die Vergebung unserer Sünden. Wir feierten einen Gottesdienst und sangen laute, fröhliche Lieder. Aber im Stillen fragte ich mich nur traurig: Vergibt er auch mir? Hatte er letzten Freitag auch meinen Fehler mit auf der Liste gehabt? Ich konnte das nicht so recht glauben. Klar, Jesus war doch genau deswegen gestorben, aber ich war nicht sicher, ob das, was für die ganze Welt galt, tatsächlich auch für mich bestimmt war.

Später am Tag ging ich auf mein Zimmer und guckte auf mein Handy. Ich hatte eine SMS bekommen: „Mir liegt viel an unserer Freundschaft. Ich verzeihe dir. Lass uns schauen, wie wir neu anfangen können. Ich hab dich lieb." Ich hatte noch nie so eine tolle Nachricht bekommen. In doppelter Hinsicht, denn ich glaube, dasselbe sagte Jesus im selben Moment zu mir auch.

Gott:
So fern und doch ganz nah

Wie geht eigentlich ...
Glauben?

Das Wochenende steht vor der Tür. Ich rufe bei Tom an, wir wollen was unternehmen. Seine Mutter geht ran. „Ist Tom da?“, frage ich. „Ich glaube schon“, antwortet sie fröhlich. „Ich schau mal nach!“
Wäre schön, wenn das bei Gott auch so einfach ginge, oder? „Ist Gott da?“ „Ich glaube schon! Moment, ich schau mal nach!“
Wäre schön, wenn man bei Gott das „Ich glaube schon“ auch überprüfen könnte. Nachschauen, und dann sicher sein, das wäre super!

Gott weiß, dass wir Menschen so ticken. Deshalb hat er vor vielen Jahren ein Versprechen gegeben: „Wenn ihr mich von ganzem Herzen suchen werdet, so will ich mich von euch finden lassen.“ (Für die Experten: Steht in der Bibel, in Jeremia 29,13+14).
Gott suchen, das bedeutet: Augen auf! Vielleicht entdecke ich Gottes Handeln in der Natur oder in besonderen Momenten meines Lebens.
Gott suchen, das bedeutet auch: Bibel auf! In der Bibel stellt sich Gott selbst vor. So kannst du entdecken, woran du ihn und sein Handeln erkennen kannst.
Und Gott suchen, das bedeutet: Mund und Ohren auf! Du kannst mit ihm reden, wie mit einem Freund („beten“). Und er antwortet durch Gedanken, Situationen, andere Menschen.

Für Christen steckt hinter der Aussage „Ich glaube an Gott“ mehr als das „Ich glaube schon“ von Toms Mutter. Glauben ist für sie nichts Unsicheres, sondern das Fundament, auf dem sie ihr Leben aufbauen. „Ich glaube an Gott“ heißt dann: „Ich vertraue Gott mein Leben an.“ Weil sie erlebt haben, dass es ihn wirklich gibt. Und weil sie gemerkt haben, dass sie ihr Leben mit ihm besser auf die Reihe bekommen als ohne ihn.
Ich kenne viele, die so „glauben“, und das bis heute nicht bereut haben.
Wie wär’s mit einem Experiment in diesem Jahr? Probier’s aus! Begib dich auf die Suche nach Gott! Halte die Augen offen nach Hinweisen auf sein Handeln in der Welt. Schnapp dir ne Bibel und lies nach, was ihn ausmacht, woran du ihn erkennen kannst.
Dann kann dieses Jahr dein Leben verändern. Und am Ende kannst du vielleicht auch sagen: „Ich glaube an Gott!“ Mit allem, was dazugehört.

Wie geht eigentlich …
Beten?

Israel, vor 2000 Jahren. Jesus ist mit einigen Freunden unterwegs und sie unterhalten sich über dies und das. Irgendwann kommt das Gespräch auf Gott. Was er für uns Menschen empfindet. Was er möchte. Und wie man mit ihm sprechen, also beten, kann.
Ja, das würden die Freunde gerne wissen. Wie kann ich mit diesem Gott in Kontakt kommen?
Deshalb fragen sie nach, bei Jesus: „Sag uns doch, wie wir beten sollen!"
Ne gute Frage, finde ich. Auch wenn sie schon 2000 Jahre alt ist.
Manchmal will ich Gott unbedingt erreichen. Nach einem Streit, der mich traurig, wütend und einsam zurücklässt. Wenn ich einen großen Fehler gemacht habe und alle mit dem Finger auf mich zeigen. Oder wenn ich was Tolles erlebt habe und ich gar nicht weiß, wohin mit meiner Freude.
Das wäre doch was, wenn ich den Schöpfer dieser Welt erreichen könnte! Mit dem, was mich beschäftigt! Wenn er nicht nur für die „Großen" dieser Welt da wäre oder die ganz „Frommen", sondern auch für mich! Vielleicht teilst du diese Sehnsucht mit mir.
Jesus sagt: Das muss keine Sehnsucht bleiben. Das kann Realität werden. Hier und jetzt.
Gott ist wie ein guter Vater zu uns oder wie eine liebevolle Mutter. Wir können mit ihm reden. Einfach so! Ihm erzählen, was uns beschäftigt, und ihn um Dinge bitten. Du findest diese Sätze von Jesus in deiner Bibel, in Lukas 11,1-13.
Probier das doch einfach mal aus! Sprich mit Gott. Erzähl ihm von deinen Sorgen und Erfolgen. Von deinen Selbstzweifeln und deinem Mut.
Und wenn dir die Worte fehlen, du dich nicht traust oder du nicht weißt, wie du anfangen sollst, dann ist das nicht schlimm. Jesus hat nämlich noch was anderes gesagt. Er hat den Jüngern ganz praktisch ein Gebet gegeben, mit dem sie anfangen können: Das Vaterunser. Wenn du nicht weißt, wie du beten sollst, kannst du einfach das Vaterunser sprechen. Vielleicht fällt dir ja dabei oder danach noch etwas ein, was du Gott sagen möchtest.
Eins ist jedenfalls sicher: So oder so – Gott hört dir zu. Er interessiert sich für das, was du ihm zu sagen hast. Wie ein richtig guter Vater!

„Kein Mensch hat Gott jemals gesehen“

Wo ist Gott? Es ist doch erstaunlich. Die einen sprechen täglich mit ihm, als säße er am selben Tisch. Für die anderen ist er unendlich weit weg, fernab jeder Wirklichkeit. Ausgerechnet die Bibel sagt auch noch: „Kein Mensch hat jemals Gott gesehen.“ Also bitte, wenn das da schon steht, was soll ich dann erst glauben? Gute Frage! Ich glaube, Gott mag Fragen. Er mag Menschen, denen er nicht egal ist; die es wagen, sich über ihn Gedanken zu machen. Darum lohnt sich auch das Weiterdenken und Weiterlesen: „Kein Mensch hat Gott jemals gesehen. Nur der Eine, der selbst Gott ist und mit dem Vater in engster Gemeinschaft steht, hat uns gesagt und gezeigt, wer Gott ist.“ Würde ja heißen, Gott ist nicht zu sehen, aber es gab einen, der – selber Gott – auf ihn gewiesen hat. Der gesagt hat, du kannst ihn nicht sehen, aber guck mal, er ist hier. Der gezeigt hat: So ist Gott. Egal was Gott ist. Auf jeden Fall ist er schon einmal ziemlich geheimnisvoll …

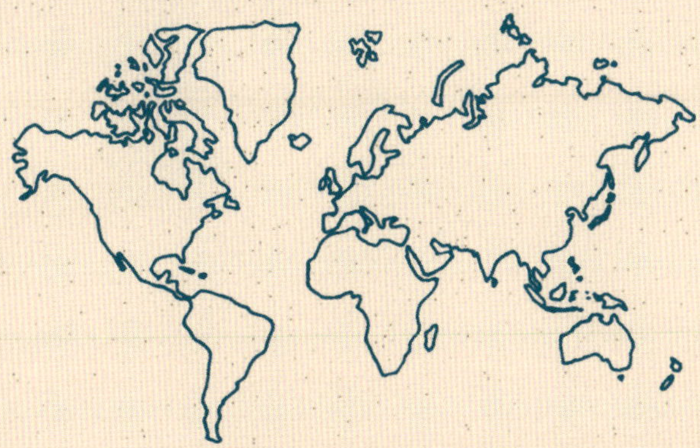

Vielleicht ist das so wie mit dem Mann im Wald, der an einen Ameisenhügel kam. Er war begeistert und fasziniert, wie die Tierchen dieses Wunderwerk gebaut hatten. Also fragte er sie. „Wie habt ihr das gemacht?“ Leider gab keine Ameise eine Antwort. Kleine Tiere haben kleine Ohren, dachte er. Also schrie er: „AAAMMEISEENNN! WIE HABT IHR DAS DING HIER GEBAUT?“ Keine Ameise sagte etwas. Ich war unfreundlich, dachte der Mann, sicher habe ich sie beleidigt. Also fragte er freundlich: „Hochverehrte Ameisen und Ameisinnen: Wie ist es Ihnen gelungen ein Baukunstwerk dieser Pracht zu erstellen?“ Die Ameisen ließen sich auf kein Gespräch ein. Langsam wurde dem Mann klar, sie können mich gar nicht verstehen; um mit ihnen zu sprechen, müsste ich eine Ameise werden …

Wenn Gott wirklich wollte, dass wir ihn verstehen, müsste er dann nicht ein Mensch werden? Leben wie wir, leiden wie wir, sich freuen und letztendlich auch sterben wie wir. Dann könnte er uns und vor allem wir könnten ihn endlich verstehen. Oder?
Mein Gott … lese gerade noch einmal: „Kein Mensch hat Gott jemals gesehen. Nur der Eine, der selbst Gott ist und mit dem Vater in engster Gemeinschaft steht, hat uns gesagt und gezeigt, wer Gott ist.“ Meinen die etwa Jesus? Dann war Gott ja Mensch. Dann weiß er wirklich Bescheid. Was, wenn es so wäre: Gott kann man zwar nicht sehen, aber man kann ihn entdecken! – Das würde heißen: Viel Spaß auf deiner Entdeckungsreise …